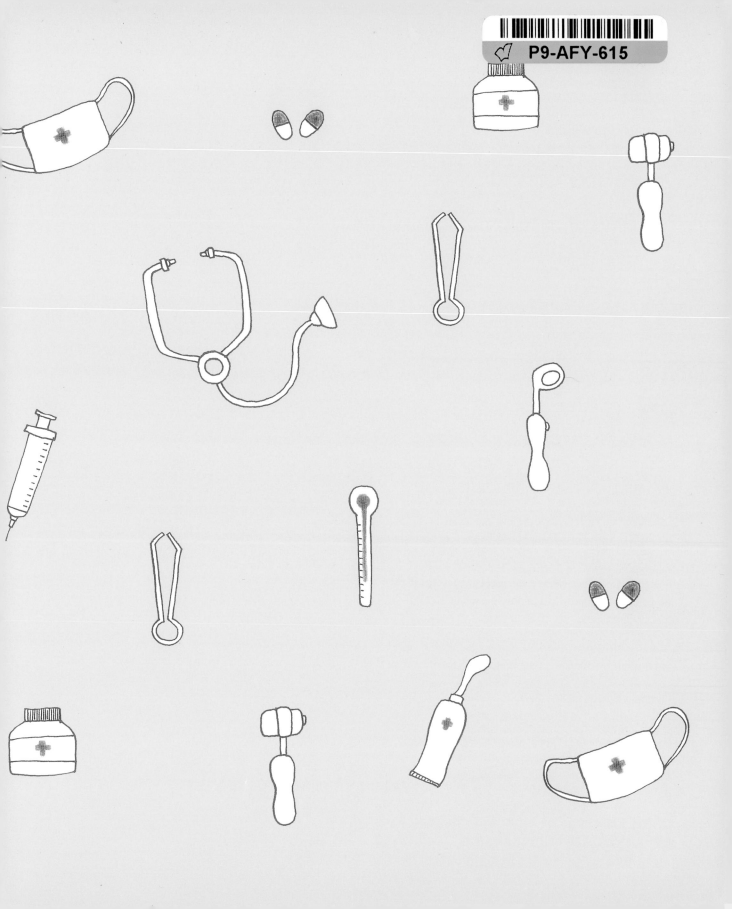

Kook, JiSeung
    ¡Ay, cómo pincha! / autor ilustrador JiSeung Kook.
--Bogotá: Carvajal Soluciones Educativas, S.A.S., 2013.
    32 p.; 24 cm. -- (Buenas Noches)
    ISBN 978-958-776-014-9
    1. Cuentos infantiles coreanos 2. Miedo - Cuentos infantiles
3. Noche - Cuentos infantiles I. Tít. II. Serie.
I895.734 cd 21 ed.
A1405119

    CEP-Banco de la República-Biblioteca Luis Ángel Arango

A los valientes
Juhyeok y Jinheok

Impreso por Nomos Impresores

Impreso en Colombia – *Printed in Colombia*

Primera edición: Agosto de 2013

Dirección editorial global: Hinde Pomeraniec
Diagramación: Daniela Coduto
Corrección: Patricia Motto Rouco
Traducción del inglés: Hinde Pomeraniec
Ilustraciones: JiSeung Kook

CC 26508356
ISBN 978-958-776-014-9

JiSeung Kook

¡Ay, cómo pincha!

)|Norma

www.librerianorma.com
www.literaturainfantilnorma.com

Bogotá, Buenos Aires, Caracas, Guatemala, Lima, México,
Panamá, Quito, San José, San Juan, Santiago de Chile.

—Simón, tenemos que ir a ver al doctor
luego del desayuno.

—Ma, no soy Simón.

—¡Soy un leóh

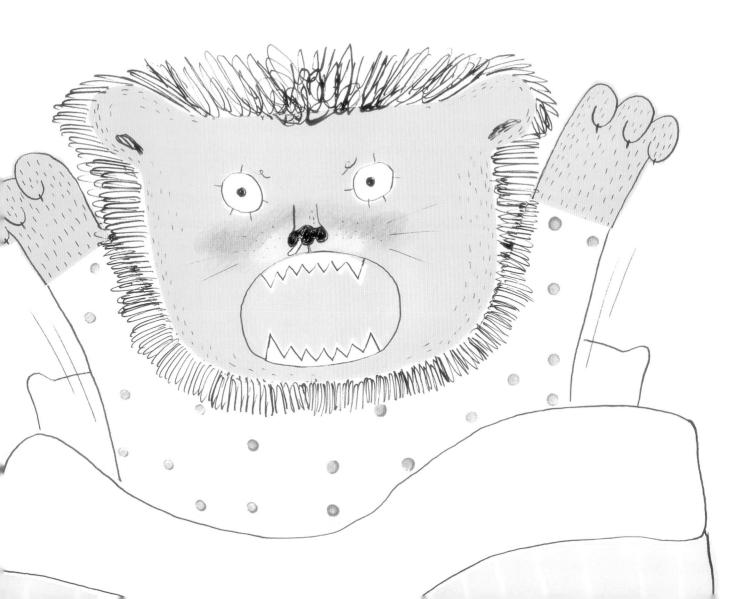

—Los leones no van al doctor.
Los leones son muy fuertes.

—Los leones también van al doctor
cuando están enfermos, así pueden
volver a ponerse fuertes.

—Vamos, vístete.
—Mami, no soy un león.

—Soy un cerdo.

—Soy muy gordo para ponerme esta ropa.

—Bueno... ya sé,
entonces podrías ponerte la ropa
de tu hermano mayor.

—Vamos, lindo, se nos hace tarde...

—Soy muy lento para apurarme, mami.
Soy una tortuga.

—De acuerdo, entonces
vamos a ir en el bus.

—Simón, sentémonos
y esperemos al doctor.

—No soy Simón, soy un camaleón.

—Simón, ¡ven, por favor!

—No soy Simón, soy una ardilla.

—Vamos a ponerte una inyección
y después vas a estar bien.

—No soy Simón, ¡soy un cocodrilo!
—Mi piel es muy gruesa
para una inyección.

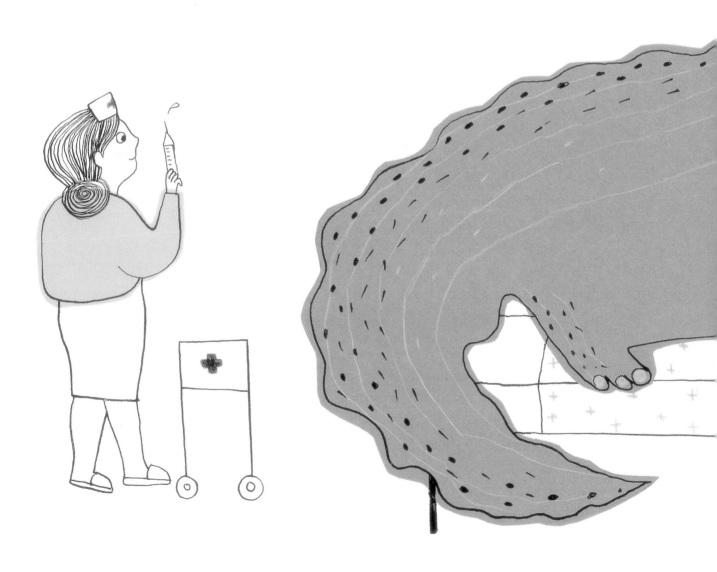

¡Ay, cómo pincha!

—Ehhh, ¿eso fue todo?
No dolió tanto...

—¡Oh, estoy muy orgullosa
de mi cocodrilo!

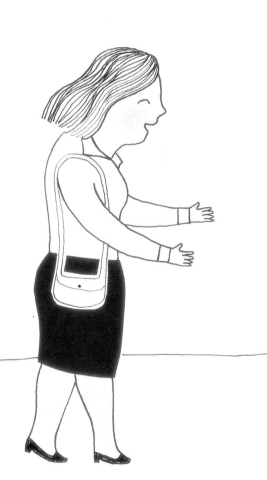

—¡No soy un cocodrilo!

—¡Soy Simón, el valiente!

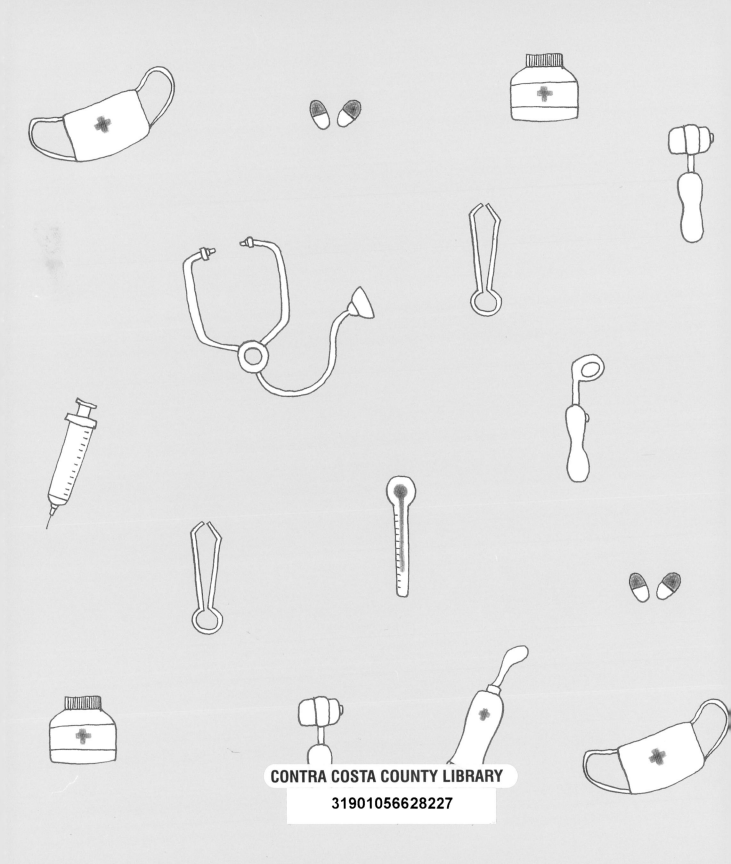